3 4028 07851 4644

S0-ACS-078

# 白雪晶晶

# 白雪晶晶

〔美〕阿尔文·崔塞特 文　罗杰·迪瓦森 图

安妮宝贝 译

南海出版公司

**图书在版编目(CIP)数据**

白雪晶晶／〔美〕崔塞特编文；〔美〕迪瓦森绘；
安妮宝贝译.－海口：南海出版公司，2010.1
ISBN 978-7-5442-4673-6

Ⅰ.白…　Ⅱ.①崔…②迪…③安…　Ⅲ.图画故
事－美国－现代　Ⅳ.I712.85

中国版本图书馆CIP数据核字（2010）第009018号

著作权合同登记号　　图字:30-2008-259

WHITE SNOW BRIGHT SNOW
by Alvin Tresselt and illustrated by Roger Duvoisin
Copyright © 1947 by Lothrop, Lee and Shepard Company, Inc.
Copyright © 1988 by Alvin Tresselt
Published by arrangement with HarperCollins Children's Books
through Bardon-Chinese Media Agency
All rights reserved.

**BAIXUE JINGJING**
**白雪晶晶**

| | | | | |
|---|---|---|---|---|
| 作　　者 | 〔美〕阿尔文·崔塞特 | | 绘　　图 | 〔美〕罗杰·迪瓦森 |
| 译　　者 | 安妮宝贝 | | 责任编辑 | 于　姝 |
| 内文制作 | 杨兴艳 | | 丛书策划 | 新经典文化www.readinglife.com |
| 出版发行 | 南海出版公司（570206　海口市海秀中路51号星华大厦五楼） | | 电　话 | （0898）66568511 |
| 经　　销 | 新华书店 | | 印　　刷 | 北京国彩印刷有限公司 |
| 开　　本 | 889毫米×1194毫米　1/16 | | 印　　张 | 2 |
| 字　　数 | 5千 | | 书　　号 | ISBN 978-7-5442-4673-6 |
| 版　　次 | 2010年3月第1版　2010年3月第1次印刷 | | 定　　价 | 25.00元 |

轻而温柔，在神秘的夜色里，

来自北方，寂静洁白，

四处游荡，漫天飞舞，

轻而温柔，在神秘的夜色里。

●

白雪晶晶，深不可测数，

轻盈如光，沉静如睡眠，

飞落，飞落，无声无息，

飞落，飞落，去向寒冷大地。

●

遍布小径，掩盖篱笆，

充满天地间每一处缝隙，

盛大非常，细微不足惜，

轻而温柔，在神秘的夜色里。

邮差说，

看起来会下雪。

农夫说，

闻起来会下雪。

警察说，

感觉着会下雪。

他的妻子说，

大脚趾有点儿疼，

这通常意味着快下雪了。

就连兔子们也有预感，

沿着干枯的落叶堆匆匆赶路。

孩子们一直观望着低沉灰暗的天空，

等待第一片雪花的飘落。

谁知，刚好无人留意的时候，它来了。

一片，两片，五片，八片，十片……

转眼间，天空中飘满粉末一样的雪花，

在静静地飘落时发出微小的声音。

邮差穿上他的雨靴。

农夫去仓库取雪铲。

警察扣上大衣。

他的妻子检查药橱里的咳嗽药水。

孩子们欢笑着，

手舞足蹈，

用舌尖去捕捉细碎的雪花。

此时，兔子们躲藏在地下

温暖的洞穴里。

雪越下越大，越下越快，深色大地变得白茫茫。

土地和石墙，

路面和水沟，

草地和人行道，

都被皑皑白雪覆盖。

它铺满屋顶，堆积在烟囱顶上，

像大团大团白花点缀寒冷树枝，

当夜幕来临，

冰雪在街灯的亮光下闪烁着光芒。

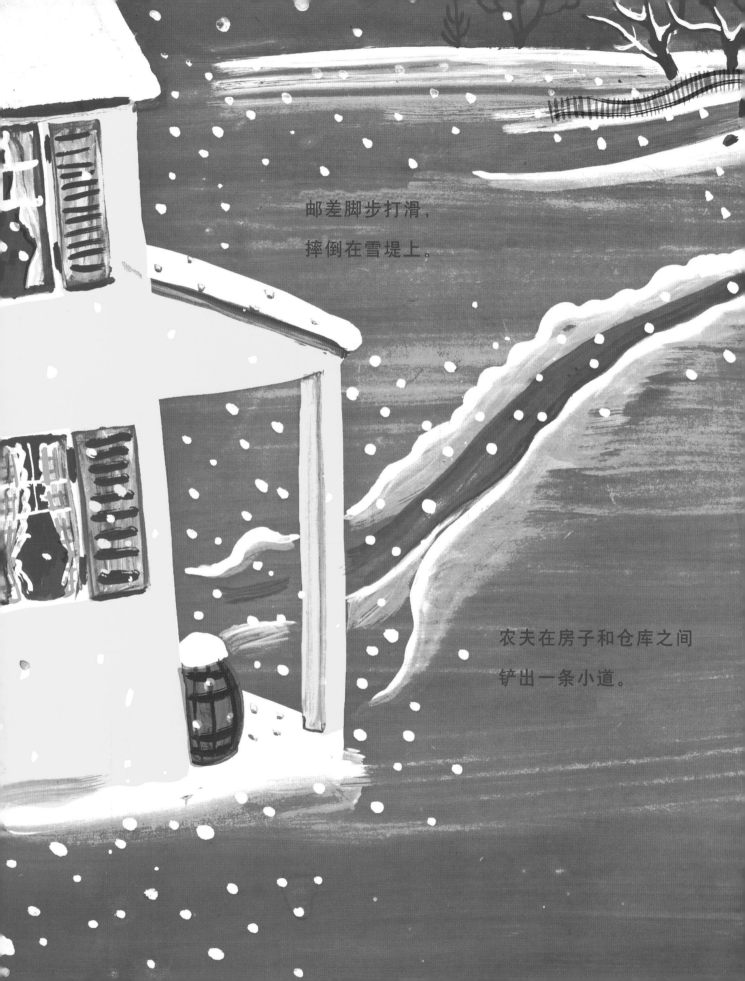

邮差脚步打滑,
摔倒在雪堤上。

农夫在房子和仓库之间
铲出一条小道。

警察的脚被雪水打湿，
必须浸泡在一盆滚烫
的热水里。
妻子把芥末膏药贴在
他胸口上，
这样他就不会感冒。

兔子们在睡梦中翻身，

它们温暖的洞穴深埋在冰雪和大地之下。

在大雪覆盖的屋顶下，

孩子们睡在温暖舒适的小床上，

在梦中见到了雪屋和雪人。

悄悄地，窗玻璃上冻出了蕨草般的霜花。

如此无声无息，就在所有人入睡之时，

大雪停止，明亮的星辰洒满夜空。

★　　★　　★

早晨，头顶上是一片湛蓝的晴空，

蓝色光影四处闪耀。

汽车像是埋在雪堆中的大大的坚果。

房子蹲坐在一起，窗户在一条大白眉毛下面向外张望。

连教堂的尖塔也戴上了一顶白帽子。

邮差脱下雨靴，

换上了高筒靴。

农夫在被雪光照亮的仓房里，

给奶牛挤奶。

警察着了凉，

躺在床上休息。

他的妻子坐在摇椅上给他

织一条长长的羊毛围巾。

兔子们快乐而自由地跳跃着，

在雪地上留下一串串嬉戏的足印。

孩子们堆雪人，盖雪屋，建造冰雪城堡，

然后开始打雪仗。

风吹过树枝，扬起雪尘，

屋顶融化的雪水不断滴落，

凝固成又长又亮的冰柱。

太阳光一天比一天温暖，雪融化了，

白茫茫的田野里露出大块松软湿润的泥土。

冰雪融化的声响，水流和湿润土地的气味，

充溢着温暖的空气。

树枝重新露出光秃秃的轮廓。

灰白褪色柳脱去了褐色外衣。

篱笆桩摘下了笨拙的白帽子，

雪人的胳膊也垂了下来，

欢快的流水在排水沟和雨水管里咕咕作响。

邮差不慌不忙地递送邮件，
好尽情享受明亮的阳光。
农夫把奶牛赶到仓库外的院子里，
这是入冬以来的第一次。

警察的感冒痊愈了，
他悠闲地晃动着警棍，
在公园里巡逻。

他的妻子在挖丁香丛
下的泥地，
寻找雪花莲和番红花
的嫩芽。
此时，兔子们在和煦
的大地上尽情跳跃。

而孩子们在等待

第一只知更鸟

告诉他们春天已经来临。

# 关于《白雪晶晶》

阿尔文·崔塞特写道:"《白雪晶晶》的雏形形成于一个冬天的雪夜,我漫步在纽约街头。最先冒出来的是诗歌,我边走,那些韵文边自动跳入了我的脑海中。当开始进入故事时,我想起了母亲曾说过的话,每当快要下雪的时候,她的大脚趾都会有点儿疼。这让我联想起其他人都是怎样判断下雪的,我把这些带入到角色创作中,于是便有了农夫、邮递员、警察,当然还有他那位能干的妻子。下雪的时候,当然也少不了孩子们的欢笑。可故事的发展遇到了一点困难,就是如何来结尾。但季节的变换就像故事一样,还有什么比孩子们在等待第一只知更鸟来告诉他们冬天已经结束,春天就要来临更加美妙呢!"

作家阿尔文·崔塞特和画家罗杰·迪瓦森互相搭档,为孩子们创作了14本绘本,《白雪晶晶》是他们的第一次合作。阿尔文·崔塞特在新泽西州帕塞伊克长大,曾在纽约一家童书出版社工作过多年。罗杰·迪瓦森出生于瑞士日内瓦,1930年来到美国,在纽约生活、工作,1938年他取得了美国国籍,并在新泽西州的格莱斯顿买下一块地。崔塞特和迪瓦森直到《白雪晶晶》出版后才见面,他们都将对新泽西州乡村小镇的深厚情感融入了这部作品之中。

罗杰·迪瓦森凭借他创作的《白雪晶晶》,荣获1948年的凯迪克金奖。凯迪克奖是为纪念19世纪英国插画大师伦道夫·凯迪克而设立,每年由美国图书馆协会颁发给全美最具特色的儿童绘本。

绘本不仅仅属于孩子，也属于成人。对孩子来说，美好的图片与美好的文字，构建起他心中超越现实的王国。孩子心思单纯，相信它是真的。相信，使幻想成为内心的一种基调。即使慢慢长大，童年幻想的光芒褪却，这基调却依旧沉实，在胸口发出热量。这热量，代表爱，代表善，代表勇气，代表正直，代表信念，代表美。代表我们在世间曾经拥有过的但也是最容易被忘却的道理。道理有时很脆弱，经不起一丝丝损坏；有时很有力，可以支撑一个人由小到大日益混浊复杂的生活。道理与故意的、闪耀的、赞颂的、强烈的一切无关，它没有面具，也不加粉饰。道理总是与一些平凡的朴素的事物相互联系，比如季节、大自然、母亲、孩子……诚实的道理，不过是真实、纯洁和微小，不过是一个小故事里的几行诗句。

《有一天》和《白雪晶晶》，这两个故事，是与出版社挑选良久才最终确定的。我希望翻译的这两个绘本，有优美的图、文和个性。这三者里面任何一项稍弱都会显得很明显。而三者和谐统一的书，看起来又常常不露声色。《有一天》里有简单而深刻的感情，《白雪晶晶》里有一颗纯洁而温柔的童心。这是它们的个性。图文亦有特色。在翻译的过程中，心里常有起伏。是感动，是难过，是喜悦，是惆怅？明显的字词均不符合。如果有感受，是一个人在春日午后裸足涉入清暖泉水里面；或者在月光深夜，站在一个荷花池塘边上；或者是躺在山顶大岩石上仰头看云……总之说不出口，收获却全在自己。这工作的过程，因此而成为一种私人的领受。

如果以后能写些给儿童的文字，或者找到合适的插画师，一起来创作绘本，也会是一个写作者的荣幸。就如同我们抚育孩子，反之却也是让自己重新认识感情、成长、自由、责任等种种人生命题。孩子成为我们观照内心的镜子，异常明亮。在简单而深刻、纯洁而温柔的，写给孩子的文字里，创作给孩子的画面里，我们得到久违的道理。

安妮宝贝
2009.6.17 于北京